COLLECTION
HISTOIRES DE MEUFS

Ksenia Potrapeliouk

Un métier comme un autre

*Manifeste contre
la prostitution*

© 2021, Ksenia Potrapeliouk
www.ksenia-potrapeliouk.com

Édition : BoD – Books on Demand,
12/14 rond-point des Champs-Élysées, 75008 Paris
Impression : BoD - Books on Demand, Norderstedt,
Allemagne

ISBN : 9-782322-378265

Dépôt légal : août 2021

There's a lady who's sure

All that glitters is gold

And she's buying a stairway to Heaven

Led Zeppelin

Florence se réchauffait les mains en serrant son gobelet de café Tim Hortons. Une douce chaleur se propageait agréablement à travers ses gants. Le breuvage trop clair, au goût insipide, avait au moins ce mérite : par −25 °C, Florence pouvait profiter de sa chaleur en attendant l'autobus au métro Cartier.

Comme tous les matins, elle venait de traverser l'île de Montréal par la ligne orange, jusqu'à la station Cartier à Laval. Avalant la dernière gorgée de son *jus de chaussette* désormais refroidi, elle monta dans un bus qui parcourait le boulevard des Laurentides et descendit à un croisement anonyme. Elle parcourut quelques mètres sur le trottoir jusqu'à un petit immeuble en brique en luttant pour garder l'équilibre sur les plaques de verglas, pelleta un peu de neige qui s'était accumulée devant l'entrée pendant la nuit, et descendit les marches jusqu'à un appartement en demi-sous-sol.

Kim était déjà sur place, postant les annonces et prenant les rendez-vous pour la journée. Dans ce *business*, il fallait se lever tôt. Florence insistait pour que sa réceptionniste soit à son poste dès huit heures du matin. Contrairement à ce que l'on pouvait croire, le meilleur moment pour les affaires était entre 9h et 18h : aux horaires de bureau réguliers. Il était plus facile pour les hommes de trouver un créneau dans la journée, ils s'arrangeaient pour quitter leur travail pendant une heure ou deux, ou lors de la pause de midi. Le soir c'était beaucoup plus compliqué : ils étaient en famille, il leur fallait inventer un prétexte pour sortir, etc. C'était aussi plus dangereux : les filles qui travaillaient le soir et la nuit avaient plus de risques de tomber sur un détraqué, sur un mec bizarre ou alcoolisé. Alors, tous les jours à 18h, Florence raccrochait sa blouse et reprenait l'autobus en sens inverse, redescendant le boulevard jusqu'à la station de métro. Elle traversait de nouveau Montréal, descendait sur la rive sud et cheminait jusqu'au pavillon où son compagnon ne tardait pas à la rejoindre. Elle pouvait ainsi garder les apparences d'une vie de bureau ordinaire.

« Hello, *babe*, tu es déjà bookée jusqu'à deux heures », annonça Kim fièrement.

Parfait. Cette fille était une perle rare, dans ce milieu. Elle ne se droguait pas trop, sa voix posée et caressante mettait les clients à l'aise au téléphone, et elle sentait tout de suite quand le type au bout du fil était un peu louche. Dans ce cas, elle lui disait sur un ton suave : « Béatrice n'a plus de disponibilités aujourd'hui, essayez de rappeler demain ! ». Puis elle bloquait le numéro.

« Ne prends plus de rendez-vous après cinq heures, dit Florence, je quitte plus tôt ce soir. Je dois récupérer Christophe à l'hôpital.

— D'accord, ma chérie. Comment il va, ton chum[1] ?

— Pas fort », répondit-elle évasivement.

Inutile de se répandre en explications : la règle tacite était de parler le moins possible de sa vie privée. Kim se contenta d'acquiescer, sans cesser de mâcher bruyamment son chewing-gum.

Florence fit le tour de sa salle, mit en marche un diffuseur de parfum et alluma une guirlande lumineuse pour créer une ambiance tamisée. Les petites fenêtres au ras du plafond étaient soigneusement occultées par des rideaux opaques, mais elles étaient de toute manière bloquées par des congères à l'extérieur : l'avantage de disposer d'un appartement en demi-sous-sol.

---

1 *Petit ami* en québécois

Florence avait choisi cette adresse selon plusieurs critères, dont le principal était la discrétion. Elle avait installé son *salon* dans un immeuble tout à fait ordinaire, loin des avenues surpeuplées du centre-ville de Montréal. Cela lui évitait les hordes de touristes avinés pendant le Grand Prix[2], les gens de passage et les enterrements de vie de garçon. Ce n'était pas un de ces endroits à la devanture explicite, comme le « Bar EXXXotica » ou le « Super Sexe », avec des néons et des photos de femmes dévêtues à l'entrée. Non, elle avait installé son salon dans un petit immeuble tranquille à Laval, avec une plaque à peine visible à l'entrée :

MASSAGE

C'était la discrétion avant tout.

Florence mit en marche le chauffage d'appoint pour que la température monte

---

[2] Le Grand Prix de Formule 1 est notoirement connu pour porter à son paroxysme le tourisme sexuel à Montréal.

plus vite : hors de question que les clients aient froid. Elle désinfecta la table de massage, s'assura que les serviettes étaient bien pliées, qu'il ne manquait pas de kleenex ni de préservatifs dans la corbeille discrètement placée à portée de main, glissa un album de Lana Del Rey dans la fente du lecteur et partit se maquiller.

Elle s'installa devant sa coiffeuse.

Dans une petite pièce adjacente transformée en bureau se trouvait Kim : Florence l'entendait plaisanter au téléphone avec un rire niais.

« Quelle actrice, cette fille, il faut absolument que je la garde », se dit-elle.

Une réceptionniste fiable et efficace, c'était rarissime. Florence avait longtemps travaillé seule, par défiance envers les autres femelles. Elle n'avait jamais connu de solidarité féminine, dans ce milieu où le cynisme et l'individualisme étaient la règle. Pendant des années, elle avait posté elle-même ses annonces et pris ses rendez-vous. Mais cela lui faisait perdre des clients – elle ratait des appels, ne pouvant pas répondre au téléphone pendant qu'elle était *en séance.*

Florence avait donc calculé qu'en payant quelqu'un pour faire ces tâches « administratives », elle pouvait se faire trois ou quatre clients supplémentaires, soit six cents dollars de plus *par jour*. Elle avait donc engagé une fille, puis une autre... Elle en avait vu défiler des dizaines, mais aucune ne restait longtemps, quelques semaines tout au plus. Comme les « masseuses » elles-mêmes, d'ailleurs. La plupart des filles étaient des paumées qui voulaient juste de l'argent rapide, quand elles n'y étaient pas forcées par un mac – qui était parfois aussi leur mec. C'était un monde flou, dans l'angle mort des impôts et du droit du travail. Les filles bougeaient tout le temps. Il n'était pas rare que certaines disparaissent du jour au lendemain.

Florence maquilla exagérément ses yeux, frotta ses pommettes avec du blush, se peignit la bouche avec un rouge un peu vulgaire.

Les hommes aimaient ça : beaucoup de maquillage et des froufrous, c'était l'idée qu'ils se faisaient d'une prostituée, c'était ce qu'ils s'attendaient à trouver et il fallait qu'ils en aient pour leur argent.

Florence enfila une guêpière Victoria Secret, achevant sa transformation en Béatrice, et mit une blouse blanche par-dessus. C'était sa tenue pour aller ouvrir aux clients : ainsi, si elle trouvait la police sur le pas de sa porte, elle pouvait toujours prétendre qu'il s'agissait d'un salon de massage tout à fait ordinaire, *thérapeutique.*

Mais de toute façon, elle n'était jamais inquiétée par les policiers. Les salons de massage érotique étaient un secret de polichinelle, parfaitement tolérés, à tel point que Montréal avait gagné le surnom de « Bangkok d'Amérique du nord » en matière de *commerce du sexe.*

La sonnerie retentit. Clac-clac-clac-clac : le bruit des talons aiguille tandis qu'elle traversait le hall pour aller ouvrir.

Le premier client de la journée était Luc, un habitué. Béatrice prit les billets qu'il lui tendait et les compta pendant qu'il était sous la douche. L'argent d'abord : ne jamais faire confiance, même à un *régulier*.

Luc était comptable, la cinquantaine plutôt sportive. Il venait assidûment une fois par semaine, toujours le matin, comme d'autres faisaient une séance de yoga ou un footing avant d'aller au bureau. Il parlait peu et se prêtait de bonne grâce au rituel du massage qui précédait toujours l'acte sexuel : c'était inclus dans la *prestation*. Puis il se mettait sur le dos, et restait docilement allongé en fixant le plafond d'un air concentré pendant que Béatrice s'affairait au-dessus de lui.

« Est-ce qu'on fait un service complet, aujourd'hui ? demanda-t-elle.

— Juste une finition manuelle, ça ira. »

Béatrice répandit une bonne dose d'huile sur le comptable, et augmenta le volume du CD pour couvrir le *flac-flac-flac* visqueux qui allait bientôt résonner dans la pièce.

One for the money, two for the show
I love you honey, I'm ready, I'm ready to go[3]

Après trente minutes de *full-body massage*, on entrait dans le vif du sujet. Elle avait fait ça des milliers de fois, elle connaissait les symptômes par cœur : le va-et-vient régulier, la respiration qui devient plus rapide, une contraction de tous les muscles et le liquide qui jaillit, signalant la fin de la transaction.

You got the world, but baby at what price ?
Something so strange, hard to define...

Après avoir raccompagné Luc, elle retourna devant sa coiffeuse pour apporter quelques retouches à son maquillage en attendant le client suivant, qui allait arriver d'une minute à l'autre.

---

3 Lana Del Rey, *Million Dollar Man*

Béatrice fixa dans la glace ce visage peinturluré, qui n'était pas vraiment le sien. Florence surgissait de sous la couche de fond de teint. Entre chaque client, elle réintégrait son corps et en contemplait la matérialité avec lassitude.

Trente-huit ans... Elle avait encore l'air jeune, mais les signes de l'âge étaient déjà là : le contour du visage qui devient de plus en plus vague, la peau meurtrie sous les yeux... Le pire c'était les paupières, elles étaient en train de s'effondrer et elle ne pouvait rien faire pour les retenir, elle était obligée de tirer dessus comme une sauvage pour faire son trait de eye-liner. C'était un désastre.

Florence se sentait fatiguée.

Aujourd'hui, il lui en coûterait plus que d'habitude de sourire aux clients, un sourire charmant mais totalement faux. Cela aussi faisait partie du numéro : il fallait avoir l'air heureuse d'être là, les clients n'aimaient pas que les prostituées aient l'air tristes ou contraintes. Ça les aurait confrontés trop violemment au fait qu'ils profitaient de la misère humaine, qu'ils exploitaient la vulnérabilité d'une femme en lui infligeant un traitement dégradant.

Florence se demandait parfois s'ils y croyaient vraiment, s'ils pensaient *réellement* que ses soupirs et ses cris de plaisir étaient sincères. S'ils étaient assez cons pour s'imaginer qu'elle *aimait ça*. Bon nombre d'hommes qui fréquentent les prostituées essayent de se persuader que ces femmes ne sont pas à plaindre, qu'elles ont même trouvé une bonne combine ; qu'en quelque sorte elles *joignent l'utile à l'agréable*.

Florence rit amèrement en essuyant avec dégoût une trace de fluide corporel sur son bras. C'est dingue, ce que les hommes pouvaient se raconter comme âneries, toutes les pirouettes intellectuelles dont ils étaient capables pour tranquilliser leur conscience.

Leur délire le plus courant, c'était de demander combien de fois elle avait joui. C'était vraiment intolérable, cette obsession ! Florence subissait cette question depuis vingt ans, et chaque fois elle avait toujours autant envie de leur hurler à la gueule :

« Zéro, imbécile ! J'ai pas joui une seule fois, c'était du lubrifiant ! Connard !!! »

Après, bien sûr, il y avait les sadiques. Ceux qui n'avaient aucune illusion, qui savaient très bien pourquoi ils étaient là et ce qu'ils faisaient à ces femmes, l'impact que ça avait sur elles. C'était leur délire. Sentir leur pouvoir, leur supériorité de *client* face à une *prestataire de service* qui devait les contenter et se taire. Qui devait faire semblant, même si au fond ça la faisait vriller. Ceux-là jouissaient de voir le dégoût, la peur et l'humiliation dans les yeux affolés de leurs proies.

Généralement, Florence réussissait à repérer rapidement les éléments louches et se débrouillait pour écourter la séance, ne pas donner prise à leur violence. Mais tout de même, il lui était déjà arrivé d'avoir peur pour sa vie. Un jour, un homme avait serré son cou sans prévenir, et en voyant la panique dans ses yeux il était devenu carrément dingue : au lieu de lâcher il avait serré encore plus fort, et Florence ne devait sa vie qu'à la sonnette qui avait retenti. Elle avait quitté la pièce en tremblant de tous ses membres, sans un regard pour le détraqué. Elle ne s'était jamais plaint – à qui ? À quoi bon faire un scandale et risquer de se faire tabasser, voire pire ?

Mais la plupart du temps, ce n'était pas aussi spectaculaire. Les mecs voulaient juste se faire branler et chevaucher un peu. Ça ne laissait pas de bleus, pas de traces visibles. Simplement une lente érosion de son intimité, et une immense lassitude.

Il existait des tactiques de survie psychologique.

À partir de l'instant où Florence devenait Béatrice et rejoignait un *client* dans la salle de massage, elle se dissociait de son corps. Alors, n'importe qui pouvait bien en profiter, vu qu'elle n'était pas dedans. Ces hommes ne sauraient jamais ce qu'elle ressentait, ni ce qu'elle pensait réellement d'eux. Mais ils ne voulaient pas le savoir, ils ne payaient pas deux cents dollars de l'heure pour qu'on leur fasse faire un examen de conscience.

L'autre tactique de survie, c'était de tenter de se convaincre que c'était *un métier comme un autre.*

D'abord, le vocabulaire.

Les hommes qui défilaient entre ses mains et ses cuisses n'étaient pas des obsédés maniaques : c'étaient des *clients*, ce qui leur conférait presque un côté respectable.

Ils ne violaient pas : ils *achetaient un service.*

Elle ne se laissait pas violer : elle *offrait un service complet.*

Elle n'était pas une pute : elle était *travailleuse du sexe.* Elle avait des horaires, un tarif, un catalogue de prestations.

Un job comme un autre.

Tous ces éléments de langage avaient pour but d'aseptiser la réalité crue, trop brutale pour être appréhendée sans filtre :

que la prostitution est une chose sordide, dégradante, même lorsqu'elle se pratique sur une table de massage désinfectée, sous une guirlande lumineuse et dans des effluves de parfum. Florence sait que pour les hommes qui la payent, elle est au mieux un fantasme, au pire un réceptacle de haine et de mépris – mais en aucun cas un être humain.

Il y a des raisonnements qui ont une apparence logique, auxquels on pouvait se raccrocher pour tenir encore un peu – encore un client, encore un jour, encore un an. Se dire avec désinvolture : « Moi, au moins, je ne suis pas dans la rue. » « Moi, au moins, je ne fume pas de crack. » « Moi, je suis propre. »

Et les jours où c'était vraiment trop difficile, ou quand un *client* la dégoûtait vraiment trop : se dire qu'après tout, tous les métiers ont leurs inconvénients. Penser aux éboueurs. Aux égoutiers. Penser à ceux qui récurent des chiottes. Penser aux soignants qui nettoient la merde des malades.

« Il faut bien que quelqu'un fasse le sale boulot. »

C'est tout de même différent, disait une petite voix dans sa tête. Pourquoi était-ce différent ?

Il y avait une autre voix, qui voulait hurler : « Parce que cela concerne la partie la plus intime de ton corps !

Parce que c'est contraire à la dignité humaine !

Parce que quand tu fais quelque chose d'intime avec des gens que tu n'aimes pas, simplement pour de l'argent, il y a des images qui s'incrustent dans ta mémoire et qui te rappelleront à jamais ce que tu as fait pour obtenir ce fric.

Et surtout, *surtout*, parce que *la prostitution n'est pas indispensable à la société*. Car contrairement à l'égoutier, au soignant et à l'éboueur, à tous les métiers qui sont pénibles mais essentiels au fonctionnement de la collectivité, cela n'apporte aucune valeur ajoutée éthique, technologique ou éducative. Ce système qui consiste à payer une femme pour profiter de son enveloppe corporelle ne rend personne meilleur. Au contraire : il meurtrit et déshumanise ; il repose sur les plus bas instincts et exalte les pires pulsions de la nature humaine.

Le mécanisme de la prostitution, c'est de flatter les penchants les plus abjects des hommes pour exploiter la misère économique d'autres êtres humains – majoritairement des femmes.

Et ceux qui prétendent que c'est un mal nécessaire pour remédier à une supposée *misère sexuelle* oublient que le sexe n'est pas un droit, ni un devoir. Qu'un acte intime devrait découler de sentiments réciproques, et ne devrait jamais faire l'objet d'une transaction. »

Voilà ce que cette voix voulait hurler, mais Florence l'avait depuis longtemps reléguée dans un endroit de son esprit lointain et insonorisé. C'était une question de survie.

On ne pouvait pas durer dans ce *métier* si on se posait trop de questions. Si on poussait trop loin l'analyse des causes, des conséquences et des rapports de pouvoir, c'était fichu. Il n'y avait plus qu'à abolir le capitalisme.

Car en fin de compte, on aboutissait toujours à un même constat. L'inégale distribution des richesses et la recherche effrénée du profit divisaient les humains en deux classes perpétuellement en lutte, aux intérêts irréconciliables : les exploiteurs et les exploités.

Dans tous les domaines, la quête du profit venait planter les germes de sa pourriture. Tous les métiers finissaient par être dévoyés, et ceux qui les exerçaient devenaient des criminels. Un publicitaire qui créait des besoins superflus, un trader qui provoquait une famine en spéculant sur le cours des denrées alimentaires, un ingénieur qui construisait une usine polluante pour produire de la camelote inutile vendue par le publicitaire : tout ce monde-là était objectivement néfaste pour la société, et précipitait l'épuisement des ressources terrestres pour combler des besoins artificiels.

Il faudrait indexer tous les salaires sur la valeur réelle de ce que l'on apportait à l'humanité, songea Florence. Ça ferait un beau bordel ! Il y avait bien trop de parasites. Les proxénètes et les mafieux, bien sûr. Mais aussi certains métiers légaux, respectés et même enviés : les commerciaux ; les lobbyistes ; les politiciens ; les firmes agroalimentaires. Car dans un système néolibéral, où l'alpha et l'oméga étaient la recherche du profit, on ne pouvait pas rester *clean*. Même Luc le comptable, son habitué inoffensif, était expert en montages fiscaux pour aider les multinationales à échapper aux impôts !

Non, quoi qu'on fasse, tant que l'on demeurait dans une logique capitaliste on ne pouvait pas rester honnête.

Christophe, son chum, lui avait un jour raconté comment il avait été amené à falsifier les conclusions d'une étude.

Il s'agissait d'évaluer l'impact environnemental d'un projet d'oléoduc. Christophe était ingénieur dans une société qui avait investi beaucoup de ressources pour remporter cette étude. En cas de réussite, cela donnerait un joli coup de boost à sa carrière. C'était une belle opportunité.

Cependant, des hommes en costume, à l'air très sérieux, n'avaient pas tardé à se présenter pour lui dicter ce qu'il fallait mettre dans son rapport : grosso modo, déclarer que le projet n'allait pas impacter l'immense zone naturelle qu'il allait traverser. Faux, bien sûr : un jour ou l'autre, il y aurait un carnage. Mais, sous la pression des commanditaires, ses supérieurs lui avaient ordonné de remiser ses idéaux aux placard. C'était ça ou des procès à n'en plus finir, la faillite, et la fin de sa carrière.

Un bureau d'études en faillite, c'était quelques ingénieurs au chômage.

La destruction d'une réserve naturelle, en revanche, était irréversible et non quantifiable.

Combien de personnes allaient être impactées par ce projet, qui aurait le feu vert grâce aux conclusions truquées de cette étude ? Combien de cours d'eau en danger, de zones humides dévastées ? Christophe n'en avait pas dormi pendant des mois, persuadé – à juste titre – d'être responsable d'une catastrophe écologique à venir. Et ses commanditaires, bourgeois arrogants aux mains souillées de pétrole, iraient ensuite voir les escort-girls et les strip-teaseuses, sûrs de leur bon droit et fiers de l'argent qu'ils auraient *honnêtement* gagné, toisant ces pauvres filles d'un air concupiscent, dédaigneux et paternaliste.

Christophe. Ils vivaient ensemble depuis dix ans, dans un petit pavillon de banlieue à Longueuil. Rien d'extravagant. Florence dissimulait soigneusement ses activités au fisc, ainsi qu'à son compagnon. Cependant, elle n'était pas tout à fait dans l'illégalité : depuis des années, elle remplissait des carnets de reçus de massothérapie – pour des sommes bien inférieures à ce qu'elle gagnait réellement – et déclarait ses revenus de telle sorte qu'ils correspondent à ces quittances.

Depuis des années, elle racontait à Christophe qu'elle avait un poste de secrétaire dans une concession automobile. Il ignorait tout du petit salon, de la table de massage, de la guirlande et de la corbeille remplie de préservatifs. Et une vieille amie de Florence qui travaillait dans un garage – la seule personne qui fût dans sa confidence –, avait accepté de lui fournir un alibi au cas où son compagnon irait fouiller dans ses affaires.

C'était tout de même inouï, songea Florence : en dix ans de vie commune, Christophe ne s'était jamais douté de ce qu'elle faisait réellement. Non pas qu'il fût niais ou excessivement crédule. Il n'avait tout simplement jamais manifesté d'intérêt pour sa vie professionnelle.

De son côté, elle évitait ce sujet autant que possible et veillait à ne jamais fournir à Christophe de quoi nourrir des soupçons. Elle était toujours ponctuelle, rentrait à l'heure tous les soirs, avait une routine inchangée depuis des années.

Et surtout : elle ne correspondait absolument pas à l'idée qu'on se faisait d'une prostituée – cette sorte de cliché vulgaire et tapageur. À la voir tous les soirs en pantoufles devant *La Voix*, jamais quiconque n'aurait imaginé que cette femme banale, timide et un peu fade avait depuis vingt ans des rapports sexuels à la chaîne, cinq jours par semaine. Et que cette activité lui avait rapporté au fil des ans plus de trois millions de dollars.

Comment en était-elle arrivée là ?

À peine majeure, elle avait débarqué à Montréal depuis la Gaspésie, jeune fille qui n'avait même pas son secondaire 5[4], terrifiée et fascinée par la grande ville qui faisait miroiter d'infinies promesses. Un vent frais gonflait sa poitrine intrépide. Tout semblait possible.

Mais il y avait l'argent, cette barrière invisible qui se mettait en travers de chacun de ses pas.

Argent trop cher.

---

4 Équivalent du BAC en France

Que faire ?

Elle avait essayé de danser dans un de ces clubs à néons du centre-ville, mais elle se sentait trop timide, trop exposée. Et puis son apparence était trop quelconque, elle ne faisait pas le poids à côté des beautés plastiques qui avaient l'air de sortir d'une affiche de film X.

« Tu fais très *girl next door*[5] », lui avait dit quelqu'un un jour. Tu devrais essayer un truc plus discret.

Alors Florence a commencé à faire des *massages érotiques* dans des salons le long de la rue Sainte-Catherine.

Topless. Nue. Corps-à-corps.

Un « massage thaï » à Montréal, cela consistait à s'enduire d'huile et à se frotter contre un homme, puis à le masturber dans un même élan graisseux. Ça finissait en bain d'huile et de sperme – en langage politiquement correct, une *finition manuelle*. Florence trouvait cela raisonnablement

---

5 Littéralement « voisine de palier », archétype sexuel américain pour désigner une féminité modeste et non prétentieuse, par opposition à la femme fatale.

répugnant, dans la mesure où cela ne sollicitait pas ses parties intimes.

Les massages érotiques payaient bien. À Montréal, c'était toute une industrie.

Mais à la fin des années 1990 il était devenu difficile de rester dans la course sans faire la totale, sans coucher. Les filles étaient prêtes à faire n'importe quoi pour quelques billets : pour rester dans la course, il fallait s'aligner. Parallèlement, le porno en ligne devenait de plus en plus extrême et violent. Les filles ne valaient guère plus que leur poids de viande.

Sur le coup, cela fut moins terrible qu'elle ne l'aurait cru. Elle s'était assise sur le gars et avait remué les hanches jusqu'à l'entendre pousser un grognement suivi d'une convulsion. Tout au long du processus, elle avait émis des petits soupirs censés évoquer le plaisir – peu convaincants de son propre avis, mais enfin ça avait l'air de fonctionner. Elle se répétait comme un mantra : « Ce n'est qu'un travail. La prostitution, ça a toujours existé. C'est un métier comme un autre. »

Un morceau de chair qui frotte contre un autre morceau de chair, ce n'était pas si grave, si ?

Elle s'était examinée dans la glace juste après : son corps était toujours là, en apparence rien n'avait changé. À peine un léger voile de mélancolie. Mais Florence s'était consolée en s'achetant du mascara Coco Chanel et un soutien-gorge en dentelle – ça lui servirait la prochaine fois, il fallait rester pragmatique. Elle s'était raisonnée en se disant qu'après tout, pour cent dollars, elle pouvait bien faire avec un homme relativement propre ce qu'elle avait déjà fait gratuitement avec des mecs douteux et pas toujours clean. Des mecs qui l'avaient ensuite ignorée, ou qui lui avaient carrément causé des ennuis. Un ex-petit ami l'avait déjà insultée. Un autre l'avait même giflée ! Alors, avec des gars qui payaient, pourquoi pas...

Et puis, cent dollars, c'était quand même une somme.

Et puis, imperceptiblement, le système avait refermé sur elle ses mâchoires d'acier. Elle était *tombée dans l'engrenage*, comme on dit : le temps de s'en apercevoir, elle était déjà enlisée jusqu'au cou.

Florence se gratta la tête, notant au passage qu'il faudrait changer ses rajouts. Et refaire ses faux ongles en acrylique. Reprendre rendez-vous pour une séance d'épilation au laser. Et une petite injection de botox entre les sourcils, à peine perceptible, pour retarder l'apparition de la fameuse *ride du lion*... Avec toutes les réflexions qui lui trottaient dans la tête, ça allait être difficile à endiguer, les rides ! Elle n'avait pas fini de froncer les sourcils.

Il y avait tellement de choses qu'elle ne parvenait pas à saisir. Y compris ses propres comportements !

Par exemple : que des filles victimes de la traite humaine restent en situation de prostitution sous la contrainte, parce qu'elles sont sous emprise psychologique ou pour payer une dette – ça d'accord, c'était compréhensible. Mais elle-même – une femme qui n'est pas affamée, qui n'est pas sous le joug d'un proxénète, qui n'est même pas toxicomane ! Pourquoi s'obstinait-elle dans cet univers glauque ? Se pouvait-il que ce fût réellement par *choix* ?

Quel choix ? Quand les vitrines étalent partout un luxe indécent... Quand la société de consommation envahit tous les recoins de la vie ; lubrique, obscène, omnipotente. Quand tu n'existes qu'à travers ce que tu possèdes. Quand, depuis l'enfance, on t'a appris à considérer ton corps comme un objet décoratif, qui s'offre, qui se laisse faire.

On se coule dans un moule où l'on n'existe que par et pour le regard des hommes... Et même si au début on a l'illusion de garder un esprit critique, en réalité on est juste accro à l'approbation et à l'argent qui, à défaut d'être facile, a le mérite d'être rapide.

Et voilà ma fille, bienvenue dans la machine qui, à ton insu, va te broyer entre ses rouages impitoyables.

Florence retourna dans sa salle pour la nettoyer. Entre deux *clients*, il fallait tout remettre en ordre, le plus clean possible : les hommes ne devaient surtout pas avoir l'impression qu'un autre était passé là quelques minutes avant eux.

Elle essuya méticuleusement la cabine de douche, afin qu'il n'y ait plus la moindre goutte d'eau sur la paroi vitrée et la robinetterie. Mit les serviettes usagées dans la buanderie. C'était fou, la quantité de lessives qu'elle devait faire ! Elle avait parfois l'impression de gérer un véritable pressing. Trois serviettes par client : une pour les mains sur le lavabo, une pour les pieds, une pour se sécher en sortant de la douche. Multipliées par six à huit clients. Par jour.

Puis il fallait les enrouler joliment en faisant un pliage coquet, comme dans un hôtel. Avec son coup de main pour nettoyer et arranger les draps et les serviettes, Florence aurait tout à fait pu travailler dans l'hôtellerie !

L'hôtellerie, le nettoyage et même la décoration : c'était tout à fait dans ses cordes. Alors pourquoi cet endroit, cette guirlande lumineuse et la voix languissante d'une starlette dans les haut-parleurs pour couvrir les bruits sexuels ?

Ce salon, cette table de massage, ces flacons d'huile et ces capotes, jamais elle n'aurait imaginé les subir aussi longtemps. C'est un mythe fréquent chez les escorts : se dire que c'est juste *en attendant*. En attendant de finir les études, en attendant de trouver mieux, en attendant de mettre de l'argent de côté pour se lancer dans de *vrais* projets... Car malgré la propagande fallacieuse du féminisme libéral, peu de personnes pensent sincèrement que montrer son corps et voir des bites toute la journée est un projet valide. Jamais, à personne, la prostitution n'a offert une vie digne.

Au fil des ans, Florence réalisait à quel point elle était empêtrée dans ce système, désocialisée et accro à l'argent en apparence facile. Elle songeait de moins en moins souvent à faire autre chose, à reprendre des études, à se *reconvertir*... On ne quittait pas ce monde aussi facilement. Quand on avait l'habitude de tenir une petite liasse de billets à la fin de chaque journée, difficile de se retrouver du jour au lendemain armée d'un seau et d'un balai, ou derrière une caisse enregistreuse, à trimer pour un salaire minimum.

Elle avait tout de même tenté de raccrocher le porte-jarretelles à plusieurs reprises. À une époque, elle avait même assisté à des cours de remise à niveau pour passer enfin ce fichu diplôme d'études secondaires – éternel complexe d'infériorité.

Mais chaque fois qu'elle envisageait de faire *un vrai métier*, les débouchés lui paraissaient trop lointains, trop incertains. Dès qu'elle commençait à voir fondre ses économies, Florence replongeait de nouveau, aspirée par ce monde interlope où, en une journée, elle pouvait se faire jusqu'à mille dollars. Se prostituer : elle avait plongé par nécessité, mais elle restait par addiction à l'argent.

L'argent. Le fric, l'oseille, le pognon. Florence entretenait avec lui un rapport quasi fétichiste. De simple moyen pour vivre décemment, c'était devenu une fin en soi ; son but ultime. Mille dollars par jour, c'est beaucoup ; assez pour faire tourner la tête. Elle devint accro à ces bouts de papier, qu'elle pouvait compter et recompter, tenir fermement entre ses mains. Elle aimait sentir leur poids au fond de son sac. Elle était dévorée par le besoin de s'en procurer toujours plus.

Niveau gestion, il y avait des subtilités. Florence possédait un compte en banque sur lequel elle déposait régulièrement du liquide, mais à partir d'une certaine somme il fallait en justifier la provenance, sinon on finissait par avoir des ennuis avec le fisc. Avec son système de quittances pour « massages thérapeutiques », elle ne pouvait blanchir plus d'un dixième de ce qu'elle gagnait. Elle ne déclarait donc que trente mille dollars de revenus par an. Le reste – plus de deux millions de dollars en liquide – était disséminé dans plusieurs coffres-forts, qu'elle alimentait régulièrement.

À chaque fois, à l'ouverture d'un coffre c'était un ravissement quasi-extatique. Florence éprouvait du plaisir à contempler cet océan de liquide : regarder les billets, les sentir, y plonger ses mains ; le bruissement du papier tandis qu'elle les comptait et les recomptait. C'était du concret, du tangible, bien plus solide que des chiffres abstraits sur un relevé de compte ou des pixels sur un écran.

Elle avait une peur viscérale de la pauvreté, peur de manquer ; elle se sentait toujours à moitié illégale, funambule, une citoyenne de seconde zone. Grâce à ces billets, grâce à leur présence physique, son existence avait un peu plus de réalité, d'épaisseur. Alors elle continuait d'entasser de véritables petites fortunes dans des coffres-forts, qu'elle plantait comme des relais de montagne pour se réfugier en cas de mauvais temps.

Quelle ironie : elle ne pouvait même pas dépenser son magot ! Des achats trop ostensibles attireraient inévitablement des soupçons. Ainsi, en dépit de ses millions, Florence menait une vie en apparence modeste et continuait de déclarer seulement trente mille dollars de revenus annuels. Elle n'attirait pas l'attention, ne provoquait pas de jalousies et ne complexait pas son compagnon.

Ah, ne pas complexer les hommes ! La grande préoccupation de sa vie, et de la vie de tant de femmes ! Ne jamais se montrer supérieure, ne pas gagner plus d'argent, faire semblant d'être moins intelligente, toujours admirative, parler d'une voix plus aiguë, ne pas se mettre trop en avant... Elle rigolait amèrement quand elle entendait ces histoires d'égalité salariale et de partage des tâches. Elle était convaincue d'une chose : qu'ils soient progressistes ou conservateurs, les hommes détestaient qu'on leur vole la vedette. Ils votaient « Québec solidaire » mais pensaient Neandertal ; ce qu'ils voulaient c'était une femme qui les mette en valeur, pas qui les éclipse.

C'était drôle et pathétique d'entendre certaines de ses copines parler de leurs mecs, qu'elles décrivaient comme étant soumis et dociles, cultivés et *féministes*. Elle en avait vu, des mecs « fidèles » et progressistes qui passaient leur temps à *essayer* toutes les masseuses de la ville. Elle se retenait de dire à ses copines qu'à la première occasion, leurs mecs se précipitaient probablement dans un club de strip-tease ou dans un discret salon de massage, où ils recevaient non seulement un service sexuel, mais aussi un autre type de prestation, qui valait bien deux cents dollars, celui-là : le sentiment d'être un mâle dominant, d'être grand et fort, d'être craint et « respecté ».

Un *homme*.

Pendant une heure, ils auraient l'impression de récupérer leurs couilles.

Rien n'allait, dans tout cela, se dit-elle soudain. Si les hommes avaient besoin de s'approprier le corps d'une femme pour être rassurés dans leur masculinité, c'est que leur définition de la masculinité n'était pas bonne ; elle était aliénante et criminelle. Mais cet état de choses lui paraissait trop enraciné, trop universel et immuable pour pouvoir être réformé.

En réalité, ce n'était pas une réforme qu'il fallait – c'était une révolution.

Mais en attendant qu'arrive une nouvelle génération, moins sauvage et individualiste, en attendant que des femmes courageuses et des hommes bienveillants renversent l'ordre établi, elle continuerait de faire ce qui était son quotidien depuis tant d'années : se faire payer pour abandonner aux hommes peu scrupuleux l'accès à son corps.

Florence retourna dans sa petite salle de maquillage / dressing / salle de repos. Se fit couler un café en attendant le prochain client, sans oublier la gomme à mâcher pour éviter la mauvaise haleine.

Aujourd'hui, il lui en coûterait plus que d'habitude d'afficher son sourire enjôleur, de se montrer patiente, douce, admirative. Elle allait avoir besoin de plus d'un café ! Un seul client, Luc – qui était un client relativement facile –, et pourtant elle se sentait déjà vidée de toute son énergie. Comme si c'était elle, et non Christophe, qui était en train de subir une chimio.

Son chum avait un cancer. Nouvelle terrible, monstrueuse. Tombée comme un couperet, fendant impitoyablement leur petit confort. Il se plaignait des douleurs abdominales, de temps en temps, enfin pas plus que tout le monde. Jusqu'à ce qu'un examen de routine révèle ce qui s'avéra être une tumeur particulièrement agressive. L'affaire était déjà à un stade avancé, les métastases avaient eu le temps de se propager un peu partout. Tous les organes étaient envahis.

Christophe avait cependant entamé une chimiothérapie, bien qu'on leur ait laissé entendre que ses chances étaient minces, très minces.

Mais il se sentait encore jeune, il n'avait « que » quarante ans et il avait été saisi d'angoisse à l'idée de mourir. Et mourir sans avoir connu la paternité lui parut soudain insupportable. Il s'en était ouvert à Florence, avec désespoir, et lui avait fait la proposition insensée de faire un enfant, là, tout de suite.

« Je veux juste vivre assez longtemps pour le voir naître », l'avait-il suppliée.

Soi-disant qu'il ne pourrait pas partir en paix avant de savoir qu'une minuscule parcelle de lui-même subsisterait dans cet univers, qu'il ne s'évanouirait pas dans le néant, sans que rien, jamais, ne rappelle son existence à personne.

« C'est notre chance à tous les deux, répétait-il, une lueur démente dans le regard. Pour toi aussi, il sera bientôt trop tard d'avoir un enfant. »

Elle lui en avait voulu de ce coup bas, de vouloir l'utiliser comme un moyen pour réaliser son plan délirant. C'était tellement lâche de vouloir lui laisser sur les bras un enfant qu'il ne pourrait jamais élever ! Tout ça pour flatter son petit ego.

Encore un homme qui voulait s'approprier les capacités reproductives d'une femme : rien de nouveau sous le soleil.

Mais elle n'avait pas eu le courage de le lui dire. On ne pouvait pas dire cela à un homme qui n'avait plus que quelques mois à vivre. En voyant la détresse dans ses yeux, elle avait décidé qu'elle pouvait bien lui offrir ça : le sentiment de faire un pied-de-nez à la mort. La pitié eut raison de la rancœur.

Elle avait dit : « D'accord. Faisons un enfant. »

Et tous les soirs, de retour à Longueuil, Florence se soumettait avec résignation à l'épreuve du coït, bien que ce fût parfois pour elle la dixième fois de la journée.

Quand il finissait par jouir, elle éprouvait le sentiment d'avoir accompli une bonne action. Elle se retenait de lui dire de garder ses forces pour la chimio, que tout cela était inutile – car elle prenait ses précautions pour ne pas tomber enceinte. Mais la pitié l'emportait et elle continuait de lui offrir cet espoir. Elle avait tout prévu : quand son état déclinerait fatalement, elle lui dirait qu'elle était enceinte. Ainsi, il mourrait en pensant qu'il laissait derrière lui un enfant.

Avoir recours à ce stratagème lui était odieux, mais elle n'allait tout de même pas faire un enfant dans une telle situation !

De toute façon, elle n'avait pas la moindre envie d'être mère. C'était une évidence. Elle ne comprenait pas quelle différence cela pouvait faire, que les gènes de Florence Tremblay perdurent ou non à l'intérieur d'un autre être humain. Quelle drôle d'obsession : vouloir toujours s'étaler, se propager, se croire unique et indispensable, penser qu'on méritait une forme d'immortalité. Et en plus, refuser d'en assumer les conséquences ! C'était bien une attitude de mec. Non, Florence avait suffisamment supporté l'égoïsme des hommes pour endosser ce fardeau supplémentaire.

Kim apparut sur le pas de la porte.

« Béa, tu n'entends pas ? Ça sonne depuis tantôt. »

Florence sursauta. Ah oui, c'est vrai. Le client suivant.

Elle se sentait lasse, fourbue. Voilà où ça menait, de commencer à réfléchir et à laisser des voix enfouies remonter à la surface.

Clac-clac-clac-clac : le bruit des talons résonna de nouveau dans le hall tandis qu'elle s'acheminait vers la porte d'entrée. Cela lui prit quelques secondes pour recomposer son masque, la main sur la poignée.

Elle accueillait chaque homme qui venait là avec la même réplique : « Bonjour, mon chéri », qu'elle lançait en remuant les hanches avec un sourire aguicheur. Rien que cela, ça demandait déjà un certain talent de comédienne.

« Et après, on accuse les femmes d'être fausses et fourbes ; de jouer la comédie », songea Florence avec colère. Est-ce qu'on a le choix, quand la *féminité* est par définition contraire à l'authenticité ? Quand ce que l'on attend de vous en tant que femme — la beauté, la docilité, la bonne humeur — est impossible à supporter sans feinter, sans ruser, sans *faire semblant*.

Florence n'ouvrait jamais la porte en grand. Juste un entrebâillement dans lequel le visiteur se glissait discrètement, ni vu ni connu.

L'homme entra tête baissée et fit quelques pas avant de se retourner pour lui faire face.

Le sourire de Florence se décomposa, fondant comme un masque de cire. Les mots « Bonjour, mon chéri » moururent dans sa gorge.

Les yeux noirs de Christophe la fixaient du fond de leurs orbites creuses, comme déjà depuis une tombe. Ils paraissaient encore plus immenses dans cette face émaciée, grisâtre, sans sourcils ; dans ce crâne luisant dans la lueur des spots — une vraie tête de mort.

L'avait-il espionnée, suivie ?

Se pouvait-il que ce fût un hasard ? Peut-être que, le matin même, il avait épluché les annonces sur Craigslist[6] et avait composé le numéro pour réserver une séance avec Béatrice, 1m 60, 38 C, service complet, GFE[7] ? Mais comment ne l'avait-il pas reconnue sur les photos ? Son visage était flouté, certes, mais c'était tout de même le corps de sa compagne...

Florence mit un doigt sur ses lèvres pour lui intimer le silence. Il la suivit dans la fameuse pièce où elle *recevait*, regarda autour de lui d'un air incrédule et s'assit sur le rebord de la table de massage.

« Ça m'écœure de toucher ce truc, dit-il, mais je n'ai pas assez de forces pour rester debout.

— C'est propre, je désinfecte tout le temps », dit Florence un peu maladroitement.

---

6   Site web de petites annonces
7   Girlfriend Experience, signifie que la prostituée propose de se comporter comme si elle était la « petite amie » du client.

C'était atrocement gênant de se trouver dans cet endroit, l'un en face de l'autre, tout à coup tellement étrangers. Elle se rendit compte que le CD de Lana Del Rey continuait de tourner en boucle et tendit la main pour interrompre le lecteur. La voix de la chanteuse s'interrompit au milieu d'un langoureux soupir.

« Joli prénom, *Béatrice*. Je ne m'attendais pas à te trouver... là.

— Mon non plus, lança Florence d'un air de défi, je ne m'attendais pas à te trouver *là*. Est-ce qu'à l'hôpital ils savent que tu es là, au lieu de ta séance de chimio ? »

Soudain, elle réalisa qu'elle n'avait pas du tout envie d'être sympa. Pourquoi était-ce toujours à elle d'être diplomate, d'arrondir les angles ? Depuis combien de temps son chum allait-il voir des escorts, alors qu'elle le croyait en train de se faire soigner à l'hôpital ? Il était au moins aussi dégoûtant qu'elle-même.

« Tu as vu mon annonce ?

— Sur Craigslist, oui. Et je dois dire que... on ne te reconnaît pas vraiment. »

Sans déconner ! Photos retouchées, en lingerie, le cul tendu vers l'objectif...

J'espère bien que tu ne m'as pas reconnue, gros con, pensa Florence.

« Tu n'es pas vraiment comme ça, avec moi.

— Comme quoi ?

— Bah...

— Comme une pute ?

— Je veux dire... Apprêtée, sensuelle. D'ailleurs tu n'as pas l'air très enthousiaste, quand on fait l'amour. On dirait que tu n'en as jamais vraiment envie.

— Disons qu'avoir vu une demi-douzaine de bites dans la journée, ce n'est pas la chose dont j'ai le plus envie.

— Mais alors... ça veut dire que tu te forces, avec moi ? » demanda-t-il d'un air pathétique.

Les hommes devenaient parfois d'une naïveté affligeante, quand il s'agissait de voir le manque d'envie de leur partenaire.

« Mais pourquoi, Flo ? On ne manque pas d'argent, pourtant... Je ne suis pas un assez bon coup ? »

Alors celle-là, elle ne s'y attendait pas !

Prenant son silence abasourdi pour un aveu, il attaqua : « Tu te rends compte qu'il y a des femmes qui font ça par nécessité ? Des femmes qui ont *réellement* besoin d'argent. Et que les bourgeoises qui le font juste comme ça, parce que leur chum ne leur suffit pas, ça crée une sorte de.. concurrence déloyale. »

Il avait vraiment dit ça. Concurrence déloyale.

« Et toi, tu te rends compte que les types comme toi, qui payent les femmes pour coucher avec eux, financent le trafic d'êtres humains ? Tu te rends que ce que tu fais, c'est du viol tarifé ?

— Si c'est aussi terrible, alors pourquoi tu le fais ? Je n'ai jamais forcé personne, moi. Et puis, si les prostituées n'avaient plus de clients, elles n'auraient plus de revenus. Donc au contraire, j'améliore leur situation économique ! »

Florence faillit s'étrangler. Pour un peu, il se ferait passer pour un bienfaiteur de l'humanité ! Une phrase défila soudain dans son esprit : *Quand tu vois une femme qui a faim, mets de la nourriture dans sa bouche, pas ta bite.*

« T'es pas un bienfaiteur, dit-elle entre ses dents. T'es un violeur.

— Et toi une hostie de salope. T'es qu'une criss de charrue[8] nymphomane.

— Je te hais.

— Je te déteste.

— Je te méprise.

— Tu me dégoûtes.

— Mange la mârde !

— Mais pourquoi tu fais ça, à la fin ?! Je ne te suffis pas ? Réponds, Flo, j'ai besoin de savoir.

— Et toi, pourquoi tu fais ça ? Moi non plus je ne te suffis pas, on dirait !

— Peut-être que si tu te faisais plus sexy, si tu avais l'air plus... passionnée, je ne sais pas... Mais apparemment, t'en es capable juste pour l'argent.

— J'aime le fric, ça te va ? Je ne sais pas gagner de l'argent autrement. Je suis une junkie du pognon.

---

8 Jurons québécois

— Tu m'étonnes qu'il y a des gars qui haïssent les femmes, dit Christophe d'une voix menaçante. Y a plus moyen d'avoir une bonne baise sans payer.

— Peut-être parce que ce que tu appelles une *bonne baise*, bah les femmes, elles n'aiment pas ça, cracha Florence. Revois ta définition. »

Christophe avait le teint vraiment gris et commençait à vaciller un peu. Mais elle n'allait pas le lâcher aussi facilement. Elle était résolue à en découdre.

« Et ça te prend souvent ? Depuis combien de temps tu te payes ce genre de petites virées, au lieu de te soigner ?

— Bin, depuis que j'ai appris...

Sa voix se brisa.

— Alors, tu crois qu'être malade ça te donne le droit de réaliser je ne sais quel fantasme tordu ? Aller aux putes, c'était sur ta *bucket list*[9], c'est ça ?

— Tu ne sais pas ce que c'est, de savoir que tu vas mourir bientôt, se mit-il soudainement à pleurnicher. C'est vraiment...

---

9 Une liste de choses à faire avant de mourir

horrible. Je voulais juste *profiter* encore un peu. Je n'avais jamais fait ça, avant. Je te le jure. Je me suis dit que c'était... un truc à faire. »

Christophe eut une quinte de toux.

Ça n'en finissait plus. Il allait cracher ses poumons ! Il mit ses mains en coupe devant sa bouche ; un jet de sang jaillit de sa gorge, éclaboussa le tapis à imprimé léopard.

« Kim, annule mes rendez-vous », lança Florence en passant la tête dans le bureau de la réceptionniste.

Elle enfila ses vêtements par-dessus la lingerie, qu'elle ne prit même pas le temps d'enlever. Appela un taxi. Chargea Christophe que la banquette arrière.

Sang ou pas, il était hors de question d'appeler une ambulance : rien ne devait permettre de la retracer jusqu'à cet endroit.

Cela faisait trois jours que Christophe agonisait dans une chambre du CHU de Montréal avec vue sur *downtown*.

Florence, qui demeurait fidèlement à son chevet, contemplait les flèches des buildings qui s'élançaient vers le ciel d'un bleu extraordinairement pur, comme on ne peut en voir que par un temps très froid. L'enchevêtrement de verre, d'acier et de neige rendait la vue éblouissante. À gauche, se profilait le fleuve Saint-Laurent, figé par la glace. À droite se dressait le Mont-Royal avec sa croix hideuse – la « criss de croix », comme disait son chum –, symbole des méfaits de l'Église catholique en terre de Québec.

Florence contemplait la ville découpée en quadrilatères. Là, en bas, dans l'entrelacs des rues qui se coupaient à angle droit, il y avait un grouillement permanent, une débauche de tous les instants : des clubs de strip-tease, des salons de massage, d'innombrables agences de call-girls... C'était vertigineux de penser à tout ce monde en train de forniquer dans la ville illuminée et surchauffée malgré le froid de l'hiver.

Une fornication à laquelle Christophe ne prendrait plus jamais part. On l'avait intubé ; il ne prononcerait jamais plus de tirades enflammées sur la justice sociale et la protection de l'environnement...

Tant mieux, se dit Florence avec une soudaine bouffée de haine. À quoi bon tous ces grands discours, lorsqu'au fond on demeure un exploiteur ? Lorsque la plus grande réussite de sa carrière, c'est d'avoir permis à un consortium pétrolier de saccager toute une région. Lorsqu'on met une visite aux prostituées sur sa *bucket list*.

Toute leur existence lui parut soudain glauque et sordide à un point insupportable. Peut-être que c'était la seule chose à faire, en fin de compte : tout saccager.

Pour que le système entre dans une telle impasse qu'on serait enfin obligé d'en bâtir un nouveau. Et alors, peut-être qu'un jour, les anthropologues d'un lointain avenir pourraient se pencher avec curiosité sur une civilisation « avancée » où un humain pouvait s'acheter ; où il était admis que payer une femme pour la violer était *un truc à faire*. Une civilisation en réalité barbare et inhumaine, où Homo sapiens rendait un culte à un dieu aussi fascinant que mortifère : l'argent.

Épilogue

Florence cheminait sur le trottoir, se démenant pour garder l'équilibre sur les plaques de verglas.

Sa stabilité était compromise par deux jerricans qu'elle portait à bout de bras, contenant chacun vingt litres d'essence en provenance de Petro-Canada, un peu plus loin sur le boulevard des Laurentides.

Ce n'était pas le moment de se casser la gueule. Il fallait accomplir ce qui devait être fait. Depuis qu'elle avait eu cette vision fulgurante, au chevet de son chum agonisant sur son lit d'hôpital, toutes les fibres de son corps étaient tendues vers ce but unique : annihiler le système qui les avait conduits à se retrouver nez à nez, elle en situation de prostitution, et lui en situation de client.

Cela passait par le feu.

Elle s'arrêta devant le petit immeuble en brique. Moins d'une semaine s'était écoulé depuis qu'elle avait emprunté ce même chemin, le jour de leur rencontre fatidique.

Comme sa vie avait basculé ! Elle était retournée sur ces lieux le soir même, pour nettoyer le sang de Christophe qui avait giclé au bas de la table de massage, ainsi que le lendemain pour expliquer à Kim qu'elle n'avait plus besoin de ses services. Celle-ci avait commencé à marmonner quelque chose à propos du manque de stabilité et sur *les gens pas fiables*, mais les yeux de Florence se mirent à lancer des éclairs et elle renonça à poursuivre ses doléances.

La clé qui tourne dans la serrure, le hall d'entrée plongé dans la pénombre.

Elle entra dans la salle de maquillage, ouvrit le dressing et le vida de tous les vêtements, chaussures et lingerie dont elle se parait pour recevoir les hommes. Les innombrables colifichets dont il fallait se munir pour rentrer dans le moule de la femme désirable. Tout ce qui serrait, entravait, handicapait. Le brillant, le transparent et le ridicule.

Les porte-jarretelles, les guêpières et les cuissardes furent méthodiquement entassés au milieu de la pièce. Les escarpins, les mules à semelles compensées ou avec des plumes sur le dessus – en tas, prêts à être livrés au feu. Sa collection de dessous La Senza et Victoria's Secret alla rejoindre des dizaines de bas résille, qui traînaient tristement comme des boyaux vides. Elle ressentait une excitation malsaine à l'idée de voir fondre le vinyle des cuissardes, de voir tout ce plastique devenir un magma informe, et les bas nylon se vaporiser comme des phalènes traversant une flamme...

Florence ouvrit le bouchon du premier jerrican et aspergea d'essence le monceau de futilités. Toutes ces choses qui, depuis vingt ans, la comprimaient quotidiennement. « Porter des bas à dentelle sous une jupe, c'est garder à l'esprit le pouvoir envoûtant d'une lingerie fine féminine », se rappela-t-elle avoir lu dans une pub. *Assez !* eut-elle envie de hurler. *Assez, le bourrage de crâne !*

L'odeur était si forte qu'elle dut retenir sa respiration en quittant précipitamment la pièce. Elle fit comme dans les films, répandant un filet d'essence d'une pièce à l'autre pour que l'endroit s'embrase d'un seul coup, au contact d'une allumette...

Elle entra dans la salle de massage. La table, le meuble à serviettes, la méridienne sur laquelle elle s'installait parfois avec ses *clients* : elle fut surprise de constater à quel point elle haïssait tout cela.

Mais, au moment où elle allait arracher la guirlande lumineuse, sa main s'arrêta.

Elle n'était pas si vilaine, cette guirlande, avec ses boules multicolores qui luisaient doucement sous le plafond. Elle avait coûté vingt dollars chez Target. C'était un peu stupide de détruire des choses qui fonctionnaient encore.

En réalité, tout l'appartement était encore propre et habitable. Il suffisait de refaire la déco et de faire brûler un peu de sauge pour chasser les mauvais esprits. En enlevant les rideaux et les congères devant les fenêtres, il pourrait bénéficier d'une jolie lumière naturelle.

Il n'empêche que, sauge ou pas, jamais Florence ne pourrait y habiter. Le vendre, alors ? Ajouter quelques zéros à son compte en banque ? L'argent lui sembla soudain sale et absurde.

Elle fut soudain traversée par une nouvelle vision. Elle se souvint d'une jeune femme à l'air calme et déterminé qui, un jour, l'avait approchée pour lui parler du « Mouvement du Nid », ou quelque chose de ce genre. Florence l'avait sèchement rembarrée, indignée que l'on eût l'aplomb de se mettre en travers de sa *carrière* – c'est ce qu'elle s'était dit, oui.

Ainsi, il existait quelque part des associations et des militantes *abolitionnistes*. Dans cette société turbo-capitaliste et saturée par la pornographie, il y avait encore des gens qui pensaient qu'une femme valait plus que son physique, et que la prostitution n'était pas un métier mais une atteinte à la dignité humaine.

Des gens qui luttaient pour un monde où personne ne serait acculé à vendre son corps pour avoir une vie décente. Pour un monde où les employés de bureau n'iraient pas se faire tripoter entre deux réunions ou à la pause déjeuner, comme d'autres se rendent à un cours de yoga. Où les jeunes hommes n'iraient pas voir des strip-teaseuses pour un enterrement de vie de garçon ; où une bande de copains n'aurait pas l'idée de faire appel à une *escort* pour dépuceler l'un d'entre eux, le jour de ses dix-huit ans. Sous prétexte que c'est le genre de trucs que *les mecs font*.

Il existait – elle s'en rappelait, maintenant – des associations qui allaient à la rencontre des prostituées pour leur dire qu'une autre vie existe, même si sur le coup leur discours ne semble pas faire mouche. Il entre dans la tête, fait son nid et chemine peu à peu vers la conscience.

Surtout, elle eut nettement la vision d'une association pour les femmes qui tentaient d'échapper à cette vie, et qui les accompagnait dans cette renaissance.

Peut-être qu'une telle association aurait besoin d'un local pour les accueillir. Peut-être qu'un appartement en demi-sous-sol, dans un petit immeuble en brique à Laval, pourrait convenir.

Peut-être que Florence pourrait elle aussi bénéficier de leur accompagnement.

Elle revissa le bouchon du jerrican, et ouvrit grand les fenêtres pour chasser l'odeur de l'essence.

FIN

RESSOURCES :

ACPE (Association Contre la Prostitution des Enfants) lutte par tous les moyens légaux contre l'exploitation sexuelle et commerciale des enfants. acpe-asso.org

AMICALE DU NID. Avec plus de 200 salariés et 8 délégations en France, cette association œuvre pour l'insertion sociale et professionnelle des personnes majeures marquées par leur vie en milieu prostitutionnel. **Amicaledunid.org**

Le CAPP (Collectif Abolition Porno Prostitution) est un collectif international de femmes survivantes de la prostitution, féministes radicales et abolitionnistes. **Collectifapp.org**

La CLES (Concertation des Luttes contre l'Exploitation Sexuelle) est un groupement d'organismes et de personnes critiques de l'industrie du sexe. La CLES offre des services aux femmes qui ont un vécu en lien avec l'industrie du sexe, s'occupe de formation, de prévention et d'action politique. **Lacles.org**

Les EACP (Équipes d'Action Contre le Proxénétisme) sont la seule association française luttant directement contre le proxénétisme et la traite d'êtres humains. Elles œuvrent dans le domaine juridique, social, et la sensibilisation.
Eacp-asso.org

FONDATION SCELLES, reconnue d'utilité publique depuis 1994, mène un travail quotidien de recherche, d'information et d'action, en tant que centre d'analyse et d'influence pour combattre l'exploitation sexuelle.
Fondationscelles.org

La MAISON DE MARTHE au Québec est un organisme communautaire qui accompagne et soutient les femmes ayant un vécu en lien avec la prostitution. **Maisondemarthe.com**

MOUVEMENT DU NID travaille à faire naître un mouvement de refus de la prostitution, afin de rendre possible sa disparition. Avec 34 délégations et plus de 300 militants, le Mouvement du Nid va à la rencontre des personnes prostituées et les accompagne dans une démarche d'insertion sociale.
Mouvementdunid.org